JEUNESSE

Klonk contre Klonk

Klonk contre Klonk

FRANÇOIS GRAVEL
ILLUSTRATIONS : PIERRE PRATT

QUÉBEC AMÉRIQUE JEUNESSE

Données de catalogage avant publication (Canada)

Gravel, François
Klonk contre Klonk
(Bilbo ; 136)
(La série Klonk)
ISBN 2-7644-0366-6
I. Pratt, Pierre. II. Titre. III. Collection : Gravel, François. Série Klonk.
IV. Collection : Bilbo jeunesse ; 136.
PS8563.R388K52 2004   jC843'.54   C2004-941206-X
PS9563.R388K52 2004

Conseil des Arts du Canada   **Canada Council for the Arts**

Nous reconnaissons l'aide financière du gouvernement du Canada
par l'entremise du Programme d'aide au développement de l'industrie
de l'édition (PADIÉ) pour nos activités d'édition.

Gouvernement du Québec – Programme de crédit d'impôt pour
l'édition de livres – Gestion SODEC.

Les Éditions Québec Amérique bénéficient du programme de
subvention globale du Conseil des Arts du Canada. Elles tiennent
également à remercier la SODEC pour son appui financier.

Québec Amérique
329, rue de la Commune Ouest, 3ᵉ étage
Montréal (Québec) H2Y 2E1
Téléphone : (514) 499-3000, télécopieur : (514) 499-3010

Dépôt légal : 3ᵉ trimestre 2004
Bibliothèque nationale du Québec
Bibliothèque nationale du Canada

Révision linguistique : Michèle Marineau
Mise en pages : Andréa Joseph [PAGEXPRESS]

À Zoé

CHAPITRE
UN

Rien n'est plus banal qu'un coup de téléphone. Sauf si c'est Klonk qui appelle, évidemment.

—Fred? C'est moi, Klonk! Comment vas-tu?

—Très bien! Je m'apprêtais à jouer au scrabble avec Agathe, et...

—J'ai bien peur que tu ne puisses finir ta partie, mon pauvre ami. Crois-tu pouvoir retenir ton souffle pendant trente secondes?

—... Trente secondes? Je ne suis pas un athlète, mais ça me semble assez facile...

—Voudrais-tu essayer tout de suite, s'il te plaît? Et demande à Agathe d'en faire autant. J'ai absolument besoin de vous, mais vous ne me serez d'aucun secours si vous ne pouvez pas contrôler votre respiration. Faites vite!

Je connais Klonk depuis assez longtemps pour savoir qu'il ne sert à rien de lui poser des questions. Je dépose donc le récepteur et je transmets la curieuse demande de Klonk à Agathe. Nous prenons tous les deux une grande inspiration tandis que je consulte ma montre, et nous réussissons facilement à ne pas respirer pendant trente secondes. Je retourne ensuite au téléphone pour annoncer la bonne nouvelle à mon vieil ami.

— L'essai est concluant! Et maintenant, si tu nous expliquais de quoi il retourne exactement? Pourquoi est-il si important que nous nous empêchions de respirer?

— Je n'ai pas de temps à perdre avec des explications.

Sortez de chez vous immédiatement. Un taxi viendra vous chercher. Le chauffeur est un ami, il sait ce qu'il doit faire. N'emportez rien avec vous et ne parlez à personne.

— Mais…

Impossible d'ajouter un mot : Klonk a déjà raccroché. J'ai à peine le temps de répéter les ordres de Klonk à Agathe que nous voyons un taxi s'arrêter devant la maison.

— Klonk est peut-être bizarre, me dit Agathe, mais il ne nous demanderait pas d'agir ainsi sans avoir de bonnes raisons. Il faut faire vite!

Nous nous engouffrons tous les deux dans le taxi, et le chauffeur démarre aussitôt, sans nous adresser la parole. L'oreille collée à un téléphone cellulaire, il semble obéir à des consignes que lui donne son interlocuteur. Est-ce Klonk qui lui parle? Pas moyen de le savoir. Et puisque mon ami m'a recommandé de ne parler à personne, je préfère me taire.

Nous roulons jusqu'à l'extérieur de la ville, puis le taxi s'immobilise au milieu d'un terrain vague. Agathe et moi sortons de la voiture, et le taxi repart aussitôt. Qu'est-ce que c'est que cette histoire?

Nous entendons bientôt un bruit assourdissant au-dessus de nos têtes: un hélicoptère nous survole avant de se poser à quelques pieds de nous. Le pilote nous fait signe de grimper, et nous lui obéissons.

C'est la première fois de ma vie que je monte dans un hélicoptère, et j'espère bien que ce sera la dernière: il y a tellement de secousses que j'ai mal au cœur, et l'habitacle est si bruyant qu'il n'y a pas moyen de s'entendre réfléchir. Notre vol est heureusement de courte durée: dix minutes plus tard, nous atterrissons à un petit aéroport, où nous attend un avion privé qui nous emmène aussitôt vers une destination inconnue.

▲ ▼ ▲

Dès que l'avion a pris sa vitesse de croisière, le pilote s'adresse à nous par les haut-parleurs :

— Notre vol durera quatre heures, nous dit-il. Vous trouverez à manger dans le compartiment qui se trouve à l'avant de l'appareil. Je vous rappelle qu'il est interdit de fumer à bord, et je vous souhaite un bon voyage.

Je déboucle ma ceinture et je me dirige vers l'avant de l'appareil, où je trouve quantité de sandwichs au salami hongrois et de biscuits feuille d'érable. Je me sers une petite collation tandis qu'Agathe feuillette des magazines, à la recherche de mots croisés. C'est un avion de

grand luxe, un avion pour milliardaire, mais nous n'arrivons pas à nous détendre et à profiter de notre voyage : pourquoi Klonk fait-il tant de mystères ? Je n'ose pas parler à Agathe de mes mauvais pressentiments, mais je sens bien qu'elle est inquiète, elle aussi.

Quatre heures plus tard, l'avion survole une petite île, sur laquelle je n'aperçois que deux ou trois palmiers rachitiques et une plage interminable. Nous tournons en rond autour de cette île, comme si le pilote voulait y atterrir. Cela me semble impossible : cette île est bien trop petite, et il n'y a même pas de piste d'atterrissage !

— Nous sommes sur le point d'atterrir, nous annonce pourtant le pilote. Ne vous inquiétez pas : cette plage n'est pas en sable, mais en pierre volcanique. Rien n'est plus solide, vous verrez. Attachez vos ceintures...

Le pilote a raison : la plage, comme presque toute l'île, d'ailleurs, est faite d'une pierre volcanique extrêmement dure, et c'est sur cette plage déserte qu'il atterrit. Nous ne sommes pas aussitôt descendus de l'avion qu'il repart ! Il nous abandonne sur une île déserte, sans eau, sans vivres et sans le moindre abri pour nous protéger du soleil de plomb !

— Regarde par là-bas, me dit Agathe en scrutant l'horizon. Il me semble que je vois quelque chose approcher...

Je plisse les yeux et j'aperçois à mon tour une minuscule tache blanche, qui grossit à vue d'œil. Il s'agit d'un tout petit voilier, à la barre duquel se trouve un vieil homme à la peau plissée qui nous invite à monter à bord. Nous tentons de l'interroger, mais il semble ne rien comprendre à ce que nous lui disons. Nous nous résignons à embarquer avec lui, et nous partons aussitôt vers le large.

Nous voguons jusqu'à ce que l'île disparaisse à l'horizon, puis le vieux marin s'adresse enfin à nous :

— Enfilez ces gilets, dit-il d'un ton bourru. Faites vite, la marée monte !

Agathe et moi enfilons les gilets de sauvetage, qui me semblent étrangement lourds.

— Ces gilets sont lestés de plomb, nous explique le vieux marin. Ils ne sont pas destinés à vous faire flotter, mais à vous faire couler au fond de la mer. Maintenant, sautez vite à l'eau. Klonk vous attend.

— Vous voulez dire que... Klonk nous attend *au fond de la mer* ?

— Faites vite, je vous dis ! Plus vous attendez, plus la marée monte ! Et plus la marée monte, plus vous devrez retenir votre souffle longtemps ! D'après mes calculs, le fond se trouve maintenant à trente-cinq se-condes...

Agathe et moi nous regar-dons dans les yeux, et nous nous comprenons d'un seul regard. Si Klonk nous demande de sauter à l'eau, il faut y aller...

CHAPITRE
DEUX

Nous plongeons tous les deux en même temps, en nous tenant par la main, et nous coulons vers le fond de la mer.

J'égrène les secondes dans ma tête : une, deux, trois... L'eau est parfaitement limpide, si bien que je peux voir Agathe, à côté de moi, ma chère Agathe qui a les joues gonflées d'air. J'aperçois encore le voilier, au-dessus de nos têtes, mais si je regarde vers le bas, je ne vois rien d'autre qu'un gouffre noir.

Six, sept, huit... Le voilier est de plus en plus petit, et le gouffre de plus en plus noir. Nous traversons un banc de poissons tellement dense que je ne vois même

plus mon épouse bien-aimée! Des centaines, des milliers de poissons d'un bleu phosphorescent nagent autour de nous, comme s'ils voulaient nous emporter dans leur tourbillon.

Douze, treize, quatorze secondes... Les poissons s'éparpillent enfin, et je peux revoir Agathe, ma très chère épouse. Je pense que je ne lui ai jamais serré la main aussi fort. J'aperçois encore de la lumière au-dessus de nos têtes, mais elle me semble déjà pâle et lointaine.

Dix-huit, dix-neuf, vingt... J'espère que le vieux marin a bien fait ses calculs, sinon... Mais, j'y pense: et si c'était un piège tendu par un des ennemis de Klonk? Nous allons nous noyer, c'est sûr! Jamais nous ne réussirons à remonter à la surface!

Vingt-cinq, vingt-six, vingt-sept... Je ne vois toujours rien d'autre que des poissons de plus en plus gros, et qui se sauvent à toute vitesse. J'aimerais les imiter et me sauver d'ici, moi aussi! J'ai de plus en plus de mal à retenir mon souffle, que je sens brûlant dans ma poitrine. Klonk s'imagine-t-il qu'il va me pousser des branchies?

Trente, trente et un, trente-deux... Il ne se passe rien! Rien du tout! Nous continuons à couler à pic, de plus en plus vite! Le vieux marin nous a laissés n'importe où, Klonk s'est trompé dans ses calculs, nous allons nous noyer, au secours!

Trente-cinq, trente-six, trente-sept... Je n'en peux plus! J'essaie d'enlever mon gilet, mais je n'y arrive pas! Au moment où je réussis de peine et de misère à défaire une courroie, je sens enfin quelque chose sous mes pieds: j'ai atteint le fond! Mais ça ne m'avance pas beaucoup: je ne suis pas un homard ni une huître, moi! Il me faut de l'air pour survivre, sinon...

Trente-huit, trente-neuf, quarante... Soudain, je vois Klonk, debout devant nous, qui nous accueille avec un grand sourire.

— Bienvenue chez moi, mes amis!

Comment peut-il me parler, alors que nous sommes au fond de la mer? Mon esprit aurait-il déraillé, serais-je victime d'une hallucination?

— Salut, Klonk! dit Agathe. Ouf! Ça fait du bien de respirer!

Respirer??? Mais... Mais elle a raison! Nous sommes au fond de la mer, et pourtant nous pouvons respirer! Comment cela est-il possible?

— Vous pouvez maintenant enlever vos gilets de sauvetage, ou plutôt vos gilets de coulage, dit Klonk. Ne restons pas ici trop longtemps, si vous le voulez bien. Les ondes de mon cerveau arrivent assez facilement à repousser la mer autour de nous, mais c'est une autre paire de manches d'en extraire constamment de l'oxygène. J'ai toujours été plus fort en physique qu'en chimie, hélas! Nous serons plus à l'aise chez moi, suivez-moi...

Nous marchons tous les trois au fond de la mer, comme si nous nous promenions dans un vaste igloo de verre qui se déplacerait en même temps que nous. Mais peut-être devrais-je plutôt parler d'un aquarium? Ce serait alors un aquarium inversé, puisque ce sont les poissons qui nous observent! Jamais je n'aurais cru Klonk capable d'un tel prodige. Quel esprit fabuleux que le sien!

Nous arrivons bientôt à la porte d'un château. Et ce n'est pas ce genre de petit château en plastique qu'on trouve dans les aquariums, croyez-moi! La maison de Klonk est un immense palais décoré de coraux et de coquillages, posé sur le fond de la mer, un palais dans lequel nous sommes accueillis par Karine, l'épouse de Klonk, de même que par Charlotte et Charlemagne, les jumeaux télékinésistes. Même le chat Trépied est là, qui vient se frotter contre nos jambes.

— Je crois que je vous dois quelques explications, nous dit mon vieil ami. Mais d'abord, je dois vite manger quelques kilos de sucre : mon vieux cerveau a besoin de reprendre des forces !

CHAPITRE
TROIS

Klonk nous invite à le suivre jusqu'à la cuisine, où il engouffre dix kilos de chocolat aux amandes, douze sacs de guimauves, deux boîtes de biscuits feuille d'érable et deux litres de crème glacée au caramel. Comme dessert, il se contente de la moitié d'un gâteau au chocolat.

— Ça fait du bien de se nourrir les neurones! nous dit-il enfin en se flattant le ventre. C'est quand même une chance que mon cerveau s'alimente de sucre, quand on y pense : s'il fonctionnait avec du vinaigre, je m'en servirais sûrement moins souvent. On dirait que plus je vieillis, plus je dois consommer de calories pour me livrer à mes recherches scientifiques. Voulez-vous visiter les lieux? Suivez-moi! Voici la cuisine, la salle à manger, la salle de bal, le billard, la bibliothèque...

Klonk a sûrement ingurgité un peu trop de sucre: il court d'une pièce à l'autre en parlant à toute vitesse, si bien que nous avons du mal à le suivre.

— ... Et voici la salle de quilles. J'ai pris goût à cette activité lors de notre dernier voyage en Angleterre. Les jumeaux aiment bien y jouer, eux aussi. Le problème, c'est qu'ils n'utilisent jamais les boules: ils font tomber les quilles par télékinésie! Et voici la chambre de Trépied, avec son poteau à griffes et son panier. Inutile de dire que mon chat n'a jamais été aussi heureux que dans cette maison sous-marine. Du poisson frais, c'est quand même meilleur que de la nourriture sèche... Voici enfin notre chambre, celle des jumeaux, le bureau, le salon, le boudoir et la chambre d'invités. J'espère qu'elle vous plaira...

Comment pourrait-il en être autrement? Imaginez une immense chambre sous-marine, avec un plafond de verre sur lequel se promènent des étoiles de mer! Agathe est ravie, et moi aussi.

— Peut-être voudrez-vous prendre une douche pour vous remettre de vos émotions? nous demande Karine. Voici des serviettes et des robes de chambre. Vous trouverez des vêtements à votre taille dans le placard. J'espère qu'ils seront à votre goût. Il y a aussi des combinaisons de plongée, si jamais il vous prenait l'envie de faire une promenade...

— C'est une bonne idée, dit Agathe, mais permettez-moi de vous poser une question: combien de temps passerons-nous ici, à votre avis?

— Cinq ou six mois, répond Klonk. Peut-être même quelques années... Mais nous parlerons de tout cela plus tard. Prenez d'abord le temps de vous détendre un peu, nous aurons amplement le temps de bavarder.

Agathe et moi n'en croyons pas nos oreilles : Klonk a-t-il vraiment parlé de quelques *années*? Ça n'a aucun sens! A-t-il seulement pensé à nos enfants? Évelyne et Félix sont maintenant des adultes et ils se débrouillent sans nous, mais nous aimons les voir de temps à autre, il n'y a rien de plus normal! Et puis Agathe est souvent appelée à travailler dans les pénitenciers, où elle est experte pour contrôler les émeutes; et moi, j'ai des livres à écrire. Qui va s'occuper de notre maison en notre absence, qui va payer les factures?

Agathe et moi prenons notre douche en vitesse, pressés

d'aller poser dix mille questions à Klonk.

Quelques instants plus tard, nous rejoignons nos amis au salon, où ils feuillettent des livres avec les jumeaux. Klonk lit un traité de physique nucléaire à Charlotte, tandis que Karine parcourt avec Charlemagne un essai de mathématiques avancées. Les jumeaux semblent passionnés par leurs lectures.

— Vous voilà enfin! dit Klonk. Nous vous attendions pour aller nager un peu, avec les enfants. Ça vous dirait d'aller jouer avec des dauphins?

Aussitôt qu'ils entendent ces mots, les jumeaux sautent par terre et courent enfiler leur costume d'hommes-grenouilles, ou plutôt de bébés-grenouilles. Ces enfants-là viennent tout juste d'apprendre à marcher, mais ils sont capables d'enfiler leurs palmes, d'ajuster leurs courroies et même de vérifier la pression de leur bonbonne d'oxygène!

Quand nous avons tous revêtu nos costumes, nous entrons dans une pièce étanche qui se remplit d'eau. Lorsque le sas est plein, nous ouvrons une autre porte qui donne sur la mer, ou plutôt *dans* la mer.

Les jumeaux s'amusent d'abord à poursuivre des crabes et des homards, mais ils se lassent vite de ces jeux d'enfants. Ils tournent ensuite en rond pendant quelques instants, comme s'ils se demandaient quoi faire, puis ils se mettent à nager droit devant eux, si vite que nous avons du mal à les suivre.

Quelques instants plus tard, ils ont rejoint une bande de dauphins! Ils se mettent à nager avec eux, et même à grimper sur leur dos! Est-il possible que les jumeaux aient communiqué avec eux par télépathie? Cela semble incroyable, mais les

jumeaux nous en ont déjà fait voir bien d'autres !

Charlotte et Charlemagne s'amusent avec les dauphins pendant une bonne heure, puis Klonk et Karine leur font signe de rentrer à la maison. Les enfants obéissent, et nous rentrons bientôt dans le palais sous-marin de Klonk et de Karine, encore tout émerveillés par ce merveilleux spectacle.

Les jumeaux sont complètement épuisés : aussitôt le sas traversé, ils tombent endormis.

— Je vous remercie d'avoir attendu avant de nous poser vos questions, murmure Klonk. Nous n'aimons pas inquiéter les enfants avec nos problèmes. Ils imaginent que nous sommes ici en vacances, et c'est tant mieux.

— Après avoir bien nagé, ils dormiront comme des bûches, chuchote Karine. Nous pourrons parler en paix...

— Mon cher Fred, ma chère Agathe, reprend Klonk, l'heure est grave. Très grave.

CHAPITRE
QUATRE

Nous nous retrouvons tous les quatre dans la bibliothèque, où nous nous réchauffons devant un feu de foyer tout en buvant une tasse de chocolat chaud. La pièce est si confortable qu'il est difficile de croire que nous nous trouvons encore sous la mer!

— Mes amis, nous dit Klonk, vous savez que j'ai récemment inventé un capteur de neutrinos, ces particules infiniment petites qui peuvent traverser toutes les matières de l'univers. Au moment où je vous parle, quelques milliards de ces neutrinos passent à travers mon corps sans que je m'en aperçoive. Dans moins d'une seconde, ils auront traversé la Terre! Rien ne peut les arrêter, sauf mon capteur. Il me reste encore quelques détails techniques à régler, mais aussitôt que j'y arriverai, l'humanité pourra enfin disposer d'une source d'énergie absolument propre et parfaitement gratuite! Le pétrole et le charbon resteront sous terre, et c'en sera fini de la pollution! Il s'agit de la plus grande invention du siècle, sinon du millénaire, mais j'hésite encore à la rendre publique. Imaginez un instant ce qui se passerait si une organisation terroriste s'emparait de cette source d'énergie et l'utilisait pour en faire des bombes! Cette organisation pourrait faire disparaître une ville, un pays et même un continent en claquant des doigts! C'est pourquoi je dois absolument trouver une façon de rendre mon invention inoffensive. Protégé par le silence de la mer, je peux réfléchir sans être dérangé, tout en étant à l'abri de mes ennemis.

— ... Espérons seulement qu'il ne soit pas déjà trop tard! poursuit Karine, d'une voix tellement grave que je sens un frisson parcourir mon corps.

— Karine a malheureusement raison, reprend Klonk sur un ton qui n'est guère plus rassurant. Peut-être nos ennemis sont-ils déjà parmi nous...

— Pourquoi dis-tu cela? demande Agathe. Il n'y a que nous, ici, et nous sommes tes amis...

— C'est très difficile à expliquer, répond Klonk. Depuis quelques mois, je souffre souvent de maux de tête inexplicables. J'entends parfois des vibrations étranges, des grésillements, comme si mon cerveau était occupé par des ondes étrangères... Il m'arrive même d'entendre des voix à travers ces grésillements...

— Que disent ces voix? demande Agathe.

— Je n'en ai aucune idée, répond Klonk. Ce sont des mots étranges, que je n'arrive pas à saisir, et cela fait partie du mystère: comment se fait-il que je ne comprenne pas ces mots, moi qui parle parfaitement une quarantaine de langues, en plus de me débrouiller dans une vingtaine d'autres? J'ai essayé parfois de transcrire ces messages sur du papier pour les analyser, mais je n'y arrive pas, même si j'utilise pour cela toutes les ressources de ma phénoménale intelligence. Si ces mots sont produits par mon propre cerveau, comment se fait-il que je n'arrive pas à les comprendre? Une seule explication possible: une force maléfique s'est emparée d'une partie de mon esprit. Est-ce une organisation criminelle, un groupe terroriste, un savant fou? Cela me paraît difficile à croire: il faudrait que quelqu'un dispose d'une intelligence exceptionnelle pour s'emparer d'une partie de mon cerveau, et je ne connais personne sur terre, à part Karine, qui soit aussi intelligent que moi. Il m'arrive même de penser qu'il s'agit de Martiens, moi qui n'ai jamais cru aux extra-terrestres! C'est pourquoi nous nous sommes réfugiés dans cette maison sous-marine, où nous sommes protégés par l'eau de mer. Tant que je reste ici, je me sens à l'abri de mes ennemis et je peux utiliser mon prodigieux cerveau sans me sentir espionné de l'intérieur. À l'exception de quelques amis fiables, personne ne sait que nous sommes ici... Et puisque nous parlons d'amis fiables, je crois que nous aurons bientôt de la visite!

Nous suivons le regard de Klonk, qui a levé les yeux vers le plafond en disant ces mots, et nous apercevons bientôt... une

pieuvre! Une immense pieuvre qui étend ses longs tentacules sur le toit de verre!

Jamais je n'ai vu un monstre aussi hideux: la bête est grosse comme une maison, elle a des dizaines et des dizaines de bras qui n'en finissent plus de s'étirer, et chacun de ces bras est couvert de milliers de ventouses qui se collent une à une sur la vitre! Je suis mort de peur: pour un monstre de cette taille, la maison de Klonk est aussi facile à briser qu'un simple coquillage!

Agathe vient se serrer contre moi, et je me sens un peu rassuré, mais ça ne dure pas longtemps: le monstre continue à étendre ses tentacules au-dessus de nos têtes, et il me semble voir un gigantesque œil rouge... Au secours! Je n'ai pas envie de finir mes jours dans l'estomac d'un poulpe géant!

— Ne vous en faites pas, nous dit Klonk sur un ton rassurant. Il fera bientôt très noir, mais ensuite tout s'éclaircira...

À peine Klonk a-t-il eu le temps de prononcer ces mots qu'un grand courant d'air éteint le feu dans le foyer, et toutes les lumières se ferment en même temps. La bibliothèque est maintenant plongée dans l'obscurité la plus totale. Je serre très fort la main d'Agathe, frissonnant de peur, et je sens toute la maison trembler, comme si la pieuvre la secouait pour la briser.

L'obscurité ne dure heureusement qu'une dizaine de secondes. Ensuite la lumière se rallume, comme Klonk l'avait promis, et il n'y a plus aucune trace de la pieuvre. Où a-t-elle pu passer? Je suis encore à me poser cette question quand une voix, derrière mon dos, me fait sursauter.

— Bonjour, Fred! Bonjour, Agathe! Je ne savais pas que vous étiez là! J'espère que vous n'avez pas eu trop peur de ma pieuvre! Quelle magnifique illusion, ne trouvez-vous pas? J'ai peut-être mis un peu trop de tentacules et de ventouses, mais j'adore ajouter des détails...

Morley ajuste sa cravate et vérifie le pli de son pantalon, comme s'il venait juste de s'habiller, puis il nous serre la main.

J'ai beau savoir que Morley est un habile magicien qui réussit à créer des illusions en projetant autour de lui les images qui se trouvent dans son cerveau, il réussit chaque fois à m'étonner.

Morley se tourne ensuite vers Karine, et aussitôt qu'il l'aperçoit il se met à verser des torrents de larmes. C'est chaque fois la même chose: Morley était amoureux de Karine, jadis. Jaloux de Klonk, il était son pire ennemi. Maintenant qu'il est marié avec Crystale, tout va pour le mieux. Klonk et Morley sont même devenus les meilleurs amis du monde.

— Excusez-moi, finit-il par dire en essuyant ses dernières larmes. Je déteste ces rechutes... Vous avez les salutations cordiales de Crystale, qui n'a pas pu m'accompagner. Un important fabricant de colorants lui a demandé de se prononcer sur les différentes teintes de rose, et elle n'a évidemment pas pu résister à une telle invitation. Bon, si nous passions maintenant aux choses sérieuses? Ton capteur de neutrinos est une invention faramineuse, mon cher Klonk, mais il faut absolument trouver un mécanisme de protection. Tu as bien fait de m'appeler. As-tu pensé à utiliser un attracteur temporel?

— Évidemment, répond Klonk. Mais il y a toujours trop d'électrons libres dans ces machines-là...

— Et puis on ne peut quand même pas se permettre de gas-

piller l'énergie interdimension-
nelle, poursuit Karine. C'est
déjà assez difficile de l'isoler...
Qu'est-ce que vous diriez de
dévorer quelques kilos de chocolat? Ça nous aiderait peut-
être à réfléchir...

Klonk, Morley et Karine se
mettent alors à dévorer des
dizaines de tablettes de chocolat au caramel, avant de se lan-
cer dans une discussion scienti-
fique à laquelle je ne comprends
absolument rien.

Comme personne ne se
préoccupe de nous, je propose
à Agathe d'aller nous reposer
dans notre chambre: il n'est
que huit heures du soir, mais
nous avons vécu tellement
d'événements étranges au
cours de cette journée que nous
sommes exténués.

Je suis bien loin de me dou-
ter que je vivrai bientôt la pire
nuit de ma vie!

CHAPITRE
CINQ

Klonk et Karine sont peut-être bizarres, mais ils savent recevoir leurs amis : nous trouvons des pyjamas à notre taille dans le placard, de même que des pantoufles et des robes de chambre. Nous pourrions nous installer devant le téléviseur géant et regarder un film pour nous détendre avant de dormir, mais je suis tellement exténué que je propose à Agathe de nous mettre au lit tout de suite.

— Je suis d'accord, répond Agathe. Je suis tellement fatiguée que je n'aurai pas la force de me glisser sous les draps...

Agathe se laisse tomber sur le lit, où je vais bientôt la

rejoindre. Je l'embrasse sur le front, comme d'habitude, puis sur la joue, et quand j'arrive au menton elle est déjà endormie.

Tout ceux qui ont vécu dans une maison située au bord de la mer savent qu'il n'y a rien de plus agréable que de s'endormir en écoutant le bruit des vagues. Quand la maison est située au fond de la mer, c'est encore mieux: le silence est parfait, et l'obscurité totale. À peine ai-je posé ma tête sur l'oreiller que je tombe moi aussi dans un sommeil si profond que rien ne pourrait me réveiller... ou peut-être devrais-je dire *presque rien*.

Je dors depuis quelques heures quand des gargouillis se font sentir dans mon ventre. Chaque nuit, c'est la même chose: je me réveille à minuit pile et je ne réussis à me rendormir qu'après avoir bu un verre de lait et dévoré quelques biscuits. Je me lève silencieusement, pour ne pas réveiller Agathe, j'enfile ma robe de chambre et mes pantoufles, et je me dirige vers la cuisine en marchant sur la pointe des pieds, pour ne déranger personne. Comme je le connais, Klonk doit sûrement avoir des tonnes de biscuits feuille d'érable dans son garde-manger. Cela devrait suffire à calmer ma fringale.

Une surprise m'attend dans la cuisine: Klonk a eu la même idée que moi! Assis au bout de la table, il est occupé à dévorer des biscuits et à boire du lait, tout en griffonnant des formules sur du papier. Mais j'ai un peu de mal à le reconnaître: il boit le lait directement dans le carton, il s'essuie les lèvres avec sa manche et il engouffre des dizaines de biscuits en même temps! Des coulisses de lait dégoulinent jusque dans sa barbe, et il répand des miettes partout autour de lui!

— Qu'est-ce que tu fais ici, espèce de patate pourrie? me demande-t-il quand il m'aperçoit.

Je ne comprends pas ce qui arrive: Klonk me regarde d'un air furieux, comme s'il ne me reconnaissait pas. Peut-être est-il somnambule? Dans ce cas, je dois lui parler calmement, sans le réveiller.

— C'est moi, Fred, ton vieil ami…

— Je sais comment tu t'appelles, espèce de gringalet à lunettes! On ne t'a jamais dit que ton toupet était ridicule? Ôte-toi de mon chemin, squelette de moustique!

Sur ces mots, il se lève et fonce droit sur moi! Comme je n'ai pas le temps de m'écarter, il me bouscule et poursuit son chemin vers sa chambre, tout en continuant à m'insulter:

— Qu'est-ce qu'il est venu faire ici, celui-là? Ça n'a pas plus de cervelle qu'un ver de terre, et ça se permet de manger mes biscuits! Limace! Face de rat! Pet de mouche!

J'entends Klonk m'abreuver d'injures jusqu'à ce qu'il claque derrière lui la porte de sa chambre, si fort que toute la maison en tremble. Qu'est-ce qui a bien pu arriver à mon ami? Est-il somnambule? Est-il devenu fou? À moins... À moins que des criminels se soient *vraiment* emparés de son cerveau?

Il faut absolument que j'en parle avec Agathe. Je me dirige vers notre chambre, déterminé à réveiller mon épouse bien-aimée, mais je m'arrête devant la salle de billard: j'entends de drôles de bruits à travers la porte, comme si quelqu'un faisait une partie... J'ouvre doucement la porte et j'aperçois... Klonk! J'en reste bouche bée: comment peut-il être ici alors qu'il vient tout juste d'entrer dans sa chambre? Je ne vois pourtant pas d'autre porte que celle que je viens d'ouvrir... Y aurait-il des passages secrets dans cette maison, comme dans le jeu de Clue?

Je n'ai pas le temps d'y penser plus longtemps : Klonk se dirige vers moi, un grand sourire aux lèvres et il me serre dans ses bras!

— Fred, mon vieil ami! Comme je suis content de te voir! Je souffre parfois d'insomnie, et j'ai l'habitude de jouer au billard pour me changer les idées. J'espère que le bruit ne t'a pas dérangé? On se fait une petite partie?

Je suis tellement estomaqué par son brusque revirement d'humeur que je ne sais pas quoi dire. Je joue une première partie avec lui, et je remporte la victoire, à mon grand étonnement : je ne suis pas un très bon joueur, et Klonk, malgré son bras artificiel, est un expert. J'ai souvent joué contre lui, mais je n'ai jamais réussi à gagner. Il faut dire que mon ami est très mauvais perdant et que je l'ai souvent vu corriger le tracé de sa bille par télékinésie.

Nous jouons une deuxième partie, que je gagne encore une fois, et je commence à comprendre que Klonk triche en ma faveur pour me laisser gagner. Mieux encore, il n'arrête pas de me féliciter :

— Excellent coup ! Tu joues comme un expert ! Génial ! Quelle chance pour moi d'avoir un ami comme toi !

Nous jouons une troisième partie, qu'il me laisse gagner une fois de plus, puis je me sens à nouveau assommé par la fatigue.

— Je crois que je vais retourner me coucher, dis-je à mon ami.

— Merci de m'avoir tenu compagnie, me répond Klonk en m'adressant un grand sourire.

Je crois que je vais aller me coucher, moi aussi... Bonne nuit, cher et irremplaçable ami, et fais de beaux rêves!

Je retourne me coucher sans comprendre ce qui s'est passé: Klonk est-il somnambule, ou bien est-ce moi qui ai rêvé tout cela?

Je me recouche aux côtés d'Agathe, et je me rendors. Mais, bientôt, le cauchemar recommence!

CHAPITRE
SIX

Il y a des inconvénients à dormir dans une maison trop silencieuse : le moindre bruit vous réveille. L'horloge indique six heures du matin quand j'entends un grondement sourd, comme si un orage s'approchait. C'est évidemment impossible : comment un orage pourrait-il éclater au fond de la mer ? J'essaie de réfléchir. Un hélicoptère ? Mais non, c'est idiot... Un moteur de bateau ? Un sous-marin ? En prêtant mieux l'oreille, je m'aperçois bientôt que le bruit ne semble pas venir de la mer, mais de la maison elle-même... Intrigué, je me lève pour explorer les alentours.

Quand j'ouvre la porte de la chambre, le bruit est dix fois plus fort, et il me semble même que le sol vibre sous mes pieds.

Je fais quelques pas dans le corridor et je découvre que le bruit ne provient pas de la chambre de Klonk, mais de l'autre extrémité de la maison, là où Morley s'est installé. Je m'approche de sa chambre en marchant sur la pointe des pieds, tandis que le bruit est de plus en plus assourdissant. Je distingue maintenant deux bruits très différents : un grondement sourd, comme un long roulement de tonnerre, suivi d'un hurlement sinistre. On dirait du vent qui siffle entre les planches d'une maison hantée... J'essaie de me raisonner en me répétant qu'il ne peut pas y avoir de vent au fond de la mer et que les maisons hantées n'existent pas, mais ça ne me rassure pas tellement.

Je me dirige quand même vers la chambre de Morley, et j'entends maintenant un troisième bruit, encore plus inquiétant : il s'agit cette fois d'un grincement strident, comme si quelqu'un utilisait une scie à métal...

Dix mille idées me traversent alors l'esprit : et si Morley était redevenu fou ? Peut-être que c'est lui qui essaie de s'emparer du cerveau de Klonk ? Peut-être qu'il tente de le rendre méchant pour que Karine se détourne de lui ? Peut-être que ces bruits proviennent d'une machine diabolique qu'il essaie de construire...

Je voudrais retourner dans mon lit et me serrer contre mon Agathe bien-aimée, mais je continue à avancer vers la chambre de Morley : s'il est redevenu fou, il faut absolument que je l'empêche d'agir. Je suis maintenant tout près de la porte de sa chambre, qui est entrouverte.

Tout doucement, j'ouvre la porte davantage, en faisant le moins de bruit possible, et j'aperçois alors Morley, étendu sur le dos, qui dort comme une bûche. L'air siffle en entrant dans ses poumons, puis fait un bruit de tonnerre quand Morley expire. Il ronfle, c'est tout! Et moi qui étais mort d'inquiétude! C'est souvent une bonne chose d'avoir de l'imagination, mais parfois ça nous joue de drôles de tours!

Rassuré, je fais demi-tour et m'apprête à retourner dans ma chambre, quand j'entends une voix dans mon dos.

— Qu'est-ce que tu fais ici, cloporte à lunettes? Tu nous espionnes, espèce de morveux?

Je me retourne en sursautant, et j'aperçois Klonk qui me décoche un regard haineux. Je décide de ne pas relever son insulte et de faire comme si de rien n'était.

— Imagine-toi donc que j'ai été réveillé par un bruit de tonnerre, et que...

— Ferme-la! me dit Klonk.

— Mais voyons, Klonk, qu'est-ce qui te prend?

— Je t'ai dit de la fermer! Es-tu sourd en plus d'être imbécile?

En disant ces mots, il sort un revolver de la poche de sa robe de chambre et il le pointe vers moi!

— Les mains en l'air! Et vite!

Maintenant, je n'ai plus aucun doute : une force obscure a réussi à s'emparer de la volonté de mon ami. L'homme que j'ai en face de moi ressemble à Klonk, mais son esprit est corrompu par ces forces maléfiques... Quoi qu'il en soit, j'ai intérêt à obéir. Je lève donc les mains au-dessus de ma tête, mais je n'ai pas encore terminé mon geste que j'entends une autre voix:

— Que personne ne bouge ! Pas un geste !

J'aperçois alors un deuxième Klonk derrière le premier ! Comment se fait-il que je ne l'aie pas vu venir ? Klonk n° 2 tient lui aussi un revolver, et il le dirige vers Klonk n° 1.

— Tu peux baisser les bras, mon cher Fred, dit Klonk n° 2. J'ai une affaire à régler avec ce faux Klonk, et je suis très heureux que tu puisses me servir de témoin.

— Faux Klonk toi-même ! répond Klonk n° 1. Si tu veux me tuer, vas-y et finissons-en tout de suite !

— Je te propose plutôt un combat loyal, entre hommes. Un véritable duel, qui ne laissera qu'un seul survivant. Que dirais-tu d'une partie de billard ?

— Une partie de billard ? C'est ridicule !

— C'est très sérieux, au contraire : le gagnant choisira les armes : sabre, épée, pistolet, lance-roquettes...

— ... D'accord, dit Klonk n° 1. Tu vas recevoir la raclée de ta vie !

CHAPITRE
SEPT

Nous entrons dans la salle de billard, et Klonk n° 1 propose de tirer à pile ou face celui qui aura l'honneur de commencer. Avant même que Klonk n° 2 ait le temps de répondre, Klonk n° 1 annonce qu'il choisit le côté pile, il lance une pièce dans les airs, et celle-ci retombe du côté pile.

— Parfait! Je commence! dit-il en rangeant la pièce si vite dans sa poche que je le soupçonne d'avoir triché.

Il se dirige ensuite tout droit vers la table, il frappe la bille blanche et il réussit une partie parfaite: toutes les billes sont entrées dans les poches d'un seul coup! La partie n'a pas aussitôt commencé qu'elle est déjà finie!

—Bien joué, mais tu as fait une erreur, dit Klonk n° 2. La bille numéro douze est entrée une fraction de seconde après la treize... À mon tour, maintenant.

Klonk n° 2 replace les billes, il frappe la blanche et il réussit à faire entrer toutes les billes non seulement dans le bon ordre, mais dans la même poche!

—Facile! réplique Klonk n° 1. Je peux en faire autant les doigts dans le nez!

Je pensais que ce n'était qu'une façon de parler, mais le voilà qui enfonce deux doigts de sa main gauche dans ses narines. Il réussit pourtant à faire entrer toutes les billes dans la poche en ne jouant que d'une main!

—Très impressionnant, dit Klonk n° 2. Mais ça ne règle pas notre problème: nous sommes évidemment de force égale, et nous ne réussirons donc jamais à nous départager…

— Nous sommes de force égale, mais, moi, je suis plus rapide, dit Klonk n° 1, qui fait aussitôt apparaître une épée dans sa main et qui se précipite sur son adversaire. Mais Klonk n° 2 réussit lui aussi à faire apparaître une épée dans sa main, et voilà les deux sosies qui se livrent à un combat furieux, qui ne fera cependant aucun vainqueur : une heure plus tard, les deux adversaires s'arrêtent, complètement épuisés.

— Rien à faire, finit par dire Klonk n° 2 après avoir repris ses forces. Même si je te tire dessus avec un revolver, tu réussiras à freiner la balle avec ta pensée. Nous n'en finirons jamais… La conclusion est claire, hélas : nous sommes condamnés à vivre ensemble…

— … Il n'en est pas question, dit Klonk n° 1. Je pense que j'ai une idée : que dirais-tu d'un combat sous-marin ? Celui qui réussit à arracher le masque de l'autre gagnera la partie, et le perdant servira de repas aux requins. Comme le meilleur cerveau du monde ne peut pas fonctionner longtemps sans oxygène, il y aura nécessairement un vainqueur…

— Ça me semble juste, dit Klonk n° 2. Je relève le défi.

Ai-je bien compris ? Ça lui semble *juste* ? Qu'est-ce qu'il y a de juste dans le fait de se faire dévorer par des requins ? Ça me paraît plutôt complètement dément : l'un des deux Klonk va mourir, c'est sûr, et il est même probable qu'ils vont se tuer tous les deux ! Comment faire pour les empêcher de commettre cette folie ? J'essaie de les raisonner tandis qu'ils vont enfiler leur combinaison d'hommes-grenouilles, mais je n'y arrive pas. Et pas moyen non plus de les retenir : rien ne serait plus facile pour eux que de me repousser en utilisant la force de leur cerveau... Il ne me reste qu'une seule possibilité : demander de l'aide. Je cours jusqu'à la chambre de Karine, que je tire de son sommeil. Je lui explique la situation, puis nous allons ensemble réveiller Agathe.

— Il n'y a pas une seconde à perdre, dit Karine, qui prend les commandes des opérations. Inutile de réveiller Morley. Il s'occupera des jumeaux s'ils se réveillent. Vous deux, venez vite avec moi ! Je ne sais pas au juste comment nous pourrons les empêcher de s'entre-tuer, mais il faut essayer de faire quelque chose !

Nous enfilons vite nos tenues d'hommes-grenouilles, nous traversons le sas, et nous nous butons immédiatement à une première difficulté : par où sont-ils partis ? Chercher deux hommes dans l'océan, c'est bien plus difficile que de trouver une aiguille dans une botte de foin! En communiquant par signes, nous décidons de partir chacun dans une direction différente et de nous retrouver quand nos bonbonnes seront vides.

Je pars donc à la recherche de mon ami, habité par un épouvantable pressentiment. J'ai déjà vu Klonk échapper à de terribles ennemis, bien sûr, mais c'était parce qu'il réussissait toujours à les déjouer grâce à la supériorité de son esprit. Cette fois-ci, par contre, j'ai peur qu'il ne puisse pas survivre : comment pourrait-il être plus fort que lui-même?

CHAPITRE
HUIT

Il fait heureusement de plus en plus clair à mesure que le soleil monte dans le ciel, ce qui me permet de voir loin devant moi, et ce que je vois est magnifique. Les coraux, les coquillages, les poissons phosphorescents : jamais je n'ai vu d'aussi beaux paysages sous-marins... Mais je ne suis pas ici pour faire du tourisme : il faut que je retrouve Klonk le plus vite possible.

Après avoir contourné un immense récif de corail, j'arrive face à face avec un banc de jeunes espadons, qui pointent leur épée vers moi ! J'ai envie de rebrousser chemin et d'aller chercher dans une autre section de l'océan, mais je décide de foncer droit devant, comme si de rien n'était. Les espadons sont heureusement aussi peureux que moi, et ils se dispersent pour me laisser passer. J'aperçois alors, au loin, ce qui me semble être une épave de navire. Je m'approche de cette masse sombre et je distingue bientôt une ancre, une hélice, une cheminée, une coque à moitié rongée par la rouille et recouverte d'oursins et d'étoiles de mer... C'est un vieux cargo, à moitié enfoncé dans le sable. J'en fais le tour, au cas où je trouverais quelques traces des deux Klonk, mais je ne vois rien.

Tout autour de la carcasse, il y a des conteneurs, qui ont dû tomber du navire pendant le naufrage. Je m'approche de l'un d'eux, et j'aperçois deux colonnes de bulles d'air de l'autre côté, qui montent vers la surface! Ça y est, je les ai trouvés! Je contourne le conteneur, et je découvre les deux Klonk qui se tiennent mutuellement par le cou et qui essaient de s'étrangler!

Je nage vers eux, mais je me sens bien impuissant: comment les séparer? Je pourrais en assommer un des deux, mais comment savoir lequel est le bon? Je m'approche quand même, juste à temps pour voir l'un des Klonk prendre un poignard et l'utiliser pour couper le tuyau d'air de l'autre, qui en fait autant au même moment. Les deux bonbonnes se vident à toute vitesse, tandis que les deux Klonk continuent à s'étrangler!

Il n'y a bientôt plus d'air du tout, mais les Klonk poursuivent leur combat un bon moment avant de cesser totalement de bouger. Sont-ils morts, ou seulement évanouis? Si au moins je

pouvais savoir lequel des deux est le bon, j'essaierais de lui donner un peu de mon oxygène. En nous partageant l'air de ma bonbonne, nous pourrions sûrement rentrer à la maison, et...

Et je n'ai plus le temps de réfléchir ni de tenter quoi que ce soit : une bande de requins arrive de je ne sais où et les dévore tous les deux! Il y a des dizaines, des centaines de requins aux dents de vampires qui forment bientôt une masse grouillante et compacte.

Une minute plus tard, les requins se dispersent, et il ne reste plus rien, pas même les bonbonnes d'air ou des lambeaux de palmes. Ils sont apparus et ils ont disparu si vite que je n'ai même pas eu le temps d'avoir peur!

C'est fini. Les deux Klonk sont morts, dévorés par les requins. Pourquoi Klonk s'est-il laissé entraîner dans ce piège?

J'ai perdu mon meilleur ami! Jamais je ne m'en remettrai!

J'ai envie de me laisser mourir, moi aussi, mais je pense à Agathe, que je ne peux pas abandonner, à Karine, qui ne sait pas encore que son mari est décédé, et aux pauvres jumeaux, qui ont perdu leur père... Mon devoir est d'aller les prévenir.

Je nage vers la maison, l'âme en peine, en essayant de trouver les mots pour faire part aux autres de cette affreuse nouvelle.

Quand je traverse le sas, je constate que Karine et Agathe ne sont pas encore rentrées. Si elles avaient autant d'air que moi dans leur bonbonne, elles devraient pouvoir nager encore pendant une demi-heure... Pauvre Karine, si elle savait!

Je me dirige vers la cuisine en m'attendant à y trouver Morley et les jumeaux, mais il n'y a personne. En prêtant l'oreille, j'entends des murmures qui semblent provenir de la bibliothèque. Plus je m'approche, plus il me semble distinguer deux voix masculines. La première est celle de Morley, et la deuxième ressemble étrangement à celle de... Mais oui, on dirait Klonk, qui parle d'une voix monotone... Serait-ce... Serait-ce le fantôme de Klonk???

CHAPITRE
NEUF

J'ouvre la porte de la bibliothèque et j'aperçois Morley, qui
agite un pendule devant les
yeux de Klonk. Assis dans un
fauteuil et les yeux grands
ouverts, celui-ci ne semble pas
avoir conscience de ma pré-
sence.

Aussitôt qu'il m'a vu entrer,
Morley a mis son index devant
sa bouche pour que je me taise,
et je comprends vite ce qui se
passe: il a hypnotisé Klonk! Mais
pourquoi? Et qui est ce Klonk
n° 3? Est-il gentil ou méchant? Je
ne comprends plus rien!

Je m'approche sur la pointe
des pieds, je m'assois dans un
fauteuil et j'écoute Morley, qui

parle doucement à Klonk tout en continuant d'agiter le pendule devant ses yeux.

— Qu'est-ce que tu vois maintenant ? dit Morley en s'adressant à Klonk d'une voix feutrée.

— Je vois... Je vois des requins, dit Klonk d'une voix monocorde et métallique. Des centaines de requins qui nagent dans la mer... Ils ont l'air heureux...

— Pourquoi sont-ils heureux ? murmure Morley.

— Parce qu'ils ont fait un bon repas. Ils ont mangé deux Klonk. Ils sont vraiment chanceux: ça doit être délicieux.

— Parle-moi un peu de ces deux Klonk, chuchote Morley. Pourquoi se battaient-ils ? Pourquoi voulaient-ils s'entre-tuer ?

— L'un des deux Klonk était gentil, mais l'autre était méchant. Vraiment méchant. Et ils n'arrivaient pas à s'entendre. Le

Klonk méchant aurait voulu que le bon Klonk disparaisse, et le bon n'arrivait pas à accepter que le méchant existe...

— Et maintenant ? demande Morley.

— Je crois qu'ils sont réconciliés. Il n'y a plus qu'un seul Klonk...

— C'est ce que je voulais entendre... Maintenant, je vais te laisser dormir. Tu en as bien besoin. Et quand tu te réveilleras, tu n'entendras plus de mots étranges dans ta tête, tu n'auras plus peur de tes propres idées et tu te sentiras mieux. Dors...

Les yeux de Klonk se ferment, sa tête tombe sur le côté, et le voilà qui dort comme un enfant, un grand sourire aux lèvres.

— Tu dors, répète Morley. Tu dors profondément et tu fais de beaux rêves...

La voix de Morley est si convaincante que j'ai envie de

m'endormir, moi aussi. Mes paupières sont lourdes, mes doigts s'engourdissent, et je rêve à un gros poisson qui vient poser sa main sur mon épaule... Eh, mais une minute : un poisson qui pose sa *main* sur mon épaule??? Ça n'a aucun sens!

Je me réveille en sursaut, et je vois Morley qui me fait à nouveau signe de me taire et qui m'invite à le suivre.

— J'ai entendu la porte du sas s'ouvrir, me dit-il à voix basse. Laissons ce pauvre Klonk, et allons rejoindre Agathe et Karine.

CHAPITRE
DIX

— Tout va bien, dit Morley aux deux femmes qui viennent tout juste de retirer leur combinaison de plongée. Klonk dort profondément, de même d'ailleurs que les jumeaux. Allons dans la cuisine, nous pourrons parler calmement tout en déjeunant. Tous ces événements doivent vous avoir donné faim...

Nous nous retrouvons tous les quatre à la cuisine, où nous savourons le délicieux chocolat chaud que Morley nous a préparé.

— J'ai toujours su que Klonk serait un bon candidat à l'hypnose, nous dit Morley, mais jamais je ne pensais que ce serait aussi intéressant! Vous savez sans doute que personne ne peut être hypnotisé malgré lui, et que...

— Nous le savons, coupe Karine. Mais pourquoi l'as-tu hypnotisé?

— Parce qu'il me l'a demandé, très gentiment d'ailleurs : il en avait assez d'entendre constamment ces voix dans sa tête et il pensait qu'une séance d'hypnose pourrait l'aider à percer ce mystère. Hier soir, avant d'aller me coucher, j'ai donc entrepris de l'endormir...

— Hier soir? dis-je avec surprise. Il a donc été sous hypnose pendant toute la nuit?

— Exact! me répond Morley. Je l'ai hypnotisé hier soir, quand tout le monde était endormi, et je lui ai montré comment créer des illusions, comme je le fais moi-même depuis si longtemps. Avec un peu d'entraînement, on y arrive facilement. Il s'agit d'imaginer quelque chose, de l'inverser, puis de le déplacer dans une certaine zone de son cerveau pour que des images très réalistes apparaissent instantanément à l'extérieur de soi, comme si le cerveau se transformait en projecteur de cinéma. Aussitôt qu'il a compris comment ça marchait, Klonk a fait apparaître deux Klonk, le premier très antipathique, et le deuxième très gentil... Ces deux aspects de sa personnalité se sont évidemment mis à se disputer vigoureusement...

— Klonk s'est donc dédoublé? demande Agathe.

— Pas exactement, répond Morley. Il a créé deux Klonk, un bon et un mauvais, mais tous les deux n'étaient que des images créées par son esprit. Le véritable Klonk, lui, est resté calmement endormi dans son fauteuil. Je pense que, de cette façon, je l'ai aidé à se guérir lui-même.

Maintenant, je crois bien qu'il n'entendra plus ces étranges voix intérieures…

— Pourquoi dis-tu ça ? demande Agathe.

— Tout le monde peut être à la fois bon et méchant, répond Morley. Même les personnes les plus gentilles peuvent avoir des idées noires, ou être agressives, ou vouloir du mal aux autres. Malgré sa grande intelligence, Klonk avait du mal à l'accepter. C'est pourquoi il entendait constamment ces curieuses voix qu'il ne pouvait pas comprendre. Il croyait être la proie d'une force maléfique, alors qu'il était lui-même son pire ennemi. En lui montrant à créer des illusions, je lui ai aussi permis de régler ses comptes avec sa partie plus sombre… Klonk a donc essayé de se battre contre lui-même, et il a finalement compris qu'il ne gagnerait jamais.

— C'est pourquoi les deux images de Klonk ont été dévorées par les requins, poursuit Karine sur un ton très calme. Je comprends...

Si Karine comprend, moi je ne comprends plus rien. Elle a donc vu Klonk se faire dévorer par des requins? Il est mort devant ses yeux, il est même mort deux fois! Comment a-t-elle pu rester aussi calme?

— Tu... tu as vu Klonk se faire dévorer par les requins??? Comment as-tu pu supporter ce spectacle atroce?

— Ce n'était pas atroce du tout! me répond Karine. C'était au contraire un excellent spectacle! Les requins étaient magnifiques, mais j'ai évidemment tout de suite compris que c'était une illusion: les requins sont apparus bien trop vite, et ils avaient les nageoires beaucoup trop longues. Klonk est comme Morley, il ajoute trop de détails.

— Et ils avaient des dents de vampires, poursuit Agathe. Ça ne ressemblait pas du tout à des dents de requins!

— Co... comment? Tu étais là, toi aussi?

— Bien sûr! répond Agathe. Il suffisait de repérer les colonnes de bulles, c'était facile... Je pensais évidemment que Morley choisissait un drôle de moment pour s'amuser à créer des illusions. Maintenant que je sais qu'elles étaient produites par Klonk, je comprends mieux...

— Ne me dis pas que tu n'avais pas compris que ce n'était qu'une illusion, mon pauvre Fred! s'exclame Karine.

— Moi? Je... C'est-à-dire que...

Une voix tonitruante se fait alors entendre derrière moi et m'empêche de m'empêtrer dans mes mensonges.

— J'ai une faim de loup! lance Klonk, qui vient s'installer

à table avec nous. Je pense que je vais commencer par quelques douzaines d'œufs au sirop arrosés d'un peu de cassonade, et je prendrai ensuite quelques litres de beurre d'arachide accompagnés de croissants au chocolat... Mon cerveau a besoin de sucre, et ça presse! Je me sens dans une forme splendide, et j'entends en profiter. J'ai déjà établi le programme de la journée, que je vous présente à l'instant : tout de suite après cette frugale collation, je réglerai quelques équations mathématiques avec Karine et Morley. J'ai peur que la séance d'hypnose ne m'ait fait dormir trop longtemps et que mes neurones ne soient rouillés. Ensuite, nous irons nager avec les jumeaux pour nous détendre un peu, puis je me livrerai à quelques expériences pour perfectionner mon capteur de neutrinos. Je n'ai plus vraiment besoin de me cacher de mes ennemis, mais j'aimerais quand même rester ici encore un peu. On réfléchit tellement mieux au fond de la mer! S'il me reste un peu de temps, j'aimerais travailler à mon projet d'inverseur personnel de gravité : imaginez une petite machine qui nous permettrait de voler, comme dans les rêves... Ce serait bien, non? Après, je ferais volontiers quelques expériences de chimie : il doit sûrement y avoir un moyen économique de dessaler l'eau de mer... Au fait, merci, Morley : je n'entends plus de voix intérieures! Mon esprit est enfin libre! Et merci à vous, mes amis, merci d'être ici! Que pensez-vous de mon projet d'inverseur personnel de gravité? Fascinant, n'est-ce pas? Surtout si je le combine avec mon capteur de neutrinos! Est-ce qu'il reste un peu de crème glacée à l'érable? J'ai encore un petit creux...

Klonk est surexcité, il mange comme un ogre, il ne répond pas aux questions : pas de doute, il est guéri.

CHAPITRE
ONZE

Agathe et moi restons encore quelques jours avec nos amis, puis nous décidons de rentrer chez nous. Agathe doit reprendre son travail au pénitencier, et j'ai un roman ou deux à écrire. J'ai bien aimé mon séjour sous-marin, mais je m'ennuie un peu du ciel bleu. Et puis j'avoue que j'aimerais bien me retrouver seul pendant quelques jours avec ma bien-aimée...

— Dommage que vous partiez si vite, nous dit Klonk. Si mes calculs sont bons – ce qui n'est évidemment qu'une façon de parler, puisque mes calculs sont toujours bons, comment pourrait-il en être autrement avec un cerveau aussi prodigieux que le mien –, la marée est basse et vous êtes à trente-quatre secondes sept dixièmes de la surface. Il vous suffit d'enfiler ces gilets de sauvetage, et vous remonterez comme des ballons... Cette fois-ci, ce sont évidemment de véritables gilets de sauvetage, et non des gilets de coulage...

— Que se passera-t-il quand nous aurons atteint la surface ? demande Agathe. Nous ne pouvons tout de même pas nager jusqu'à la maison, et nous n'aurons pour tous vêtements que nos maillots de bain... Ce n'est pas très confortable pour prendre l'avion...

—Ne vous inquiétez pas pour ça, répond Karine. Un voilier vous attend et vous conduira à destination. Nous avons tout prévu, n'ayez pas peur.

— ... Vous serez très bientôt chez vous, complète Morley, qui nous gratifie d'un drôle de sourire en disant ces mots.

Peut-être que je me trompe, mais il me semble que Klonk et Karine ont un drôle de sourire, eux aussi, et même les jumeaux me semblent bizarres : ils ont l'air de ricaner, comme s'ils préparaient un mauvais coup. Seul Trépied est normal : il vient se frotter contre nos jambes, comme pour nous saluer, puis il retourne regarder les poissons nager au-dessus de sa maison.

Nous enfilons donc nos gilets de sauvetage, nous entrons dans le sas, puis nous nageons jusqu'à la surface, où le vieux capitaine nous attend dans son voilier. Aussitôt que nous sommes à bord, il hisse la voile et se dirige tout droit vers l'île volcanique qui avait servi de piste d'atterrissage à notre avion. Quand il arrive devant l'île, cependant, il bifurque et vogue vers la pleine mer. Qu'est-ce que cela veut dire ? Nous essayons de lui poser des questions, mais le vieux capitaine est toujours aussi bourru.

Une heure plus tard, nous arrivons devant une autre île, beaucoup plus grande que la première, et beaucoup plus hospitalière : nous accostons sur une immense plage de sable fin, bordée de centaines de palmiers qui se balancent au vent.

— Allez vous promener un peu, nous dit le vieux capitaine. Je... J'ai une voile à réparer, ça ne prendra que quelques minutes...

Nous descendons, mais à peine avons-nous fait quelques pas sur la plage que le vieux capitaine s'enfuit et nous laisse seuls sur cette île déserte ! Qu'est-ce que ça veut dire ?

— En tout cas, nous ne mourrons pas de soif ni de faim, me dit Agathe en me montrant les

arbres qui débordent de noix de coco, de bananes et de mangues. Comme ça fait du bien de revoir le ciel bleu! Allons nous reposer à l'ombre des palmiers, nous pourrons peut-être mieux réfléchir...

Nous marchons jusqu'aux arbres, et nous découvrons bientôt une jolie rivière qui coule en cascade jusqu'à un étang. J'aurais bien envie de m'y baigner, mais je préfère continuer à explorer l'île. Un peu plus loin, nous découvrons une hutte de paille. C'est un abri qui semble à première vue bien modeste, du moins tant que nous restons à l'extérieur. Quand nous y entrons, nous découvrons un vaste salon joliment décoré, une salle de billard, une chambre à coucher avec un immense lit à baldaquin et une cuisine équipée de tout le confort moderne.

En ouvrant la porte du réfrigérateur, je découvre des bouteilles de champagne, des fruits, des légumes et... une enveloppe sur laquelle sont tracés ces mots: *Pour Fred et Agathe.*

J'ouvre l'enveloppe et je reconnais aussitôt l'écriture de Klonk.

Chers amis,

Vous connaissez maintenant un autre de mes repaires secrets: je viens souvent sur cette île pour méditer, ou simplement pour me reposer un peu avec ma petite famille. Les jumeaux adorent se baigner dans l'étang, et vous apprécierez sûrement vous y rafraîchir, vous aussi, après quelques baignades dans la mer. Vous trouverez, dans la remise, un pédalo, des kayaks, un voilier et des équipements de plongée, si toutefois vous avez encore envie de retourner sous la mer. Le frigo et le garde-manger regorgent d'aliments, et la bibliothèque déborde de livres. Vous aurez donc de quoi vous nourrir le ventre autant que l'esprit. Il y a aussi des magazines, des revues, un jeu de scrabble, bref de quoi vous divertir. Profitez-en, et profitez surtout de votre solitude : il n'y a aucune autre île habitée à des kilomètres à la ronde, et les animaux les plus dangereux de l'île sont les perroquets et les colibris. Un bateau viendra vous chercher la semaine prochaine. D'ici là, profitez bien de vos vacances, et joyeux anniversaire !

Klonk et Karine

P.-S. : Morley créera à votre intention, chaque soir, un magnifique coucher de soleil !

— C'est merveilleux ! dit Karine. Mais pourquoi nous souhaitent-ils un bon anniversaire ?

— Aurais-tu oublié que nous sommes le 3 octobre ? Cela

signifie donc que, dans quatre jours...

— Notre anniversaire de mariage! J'ai vécu tellement d'événements extraordinaires, ces derniers jours, que je n'y pensais plus! Nos amis sont vraiment gentils de s'en être souvenus!

— Et si nous allions admirer le coucher de soleil? Il sera bientôt six heures, et...

J'aimerais bien vous raconter la suite de l'histoire, mais je préfère rester seul avec mon épouse bien-aimée.

Du même auteur chez d'autres éditeurs

Jeunesse

Corneilles, Boréal, 1989.

Zamboni, Boréal, 1989.
   • PRIX M. CHRISTIE

Deux heures et demie avant Jasmine, Boréal, 1991.
   • PRIX DU GOUVERNEUR GÉNÉRAL

David et le Fantôme, Dominique et compagnie, 2000.
   • PRIX M. CHRISTIE
   • Liste d'honneur IBBY

David et les monstres de la forêt, Dominique et compagnie, 2001.

David et le précipice, Dominique et compagnie, 2001.

David et la maison de la sorcière, Dominique et compagnie, 2002.

David et l'orage, Dominique et compagnie, 2003.

David et les crabes noirs, Dominique et compagnie, 2004.

Albums

L'été de la moustache, Les 400 coups, 2000.

Madame Misère, Les 400 coups, 2000.

Tocson, Dominique et compagnie, 2003.

Adultes

La Note de passage, Boréal, 1985. B.Q., 1993.

Benito, Boréal, 1987. Boréal compact, 1995.

L'Effet Summerhill, Boréal, 1988.

Bonheur fou, Boréal, 1990.